不要欺负我！

[韩] 朴成镐 · 著
[韩] 素　儿 · 绘
陈楠楠 · 译

大连出版社
DALIAN PUBLISHING HOUSE

孤单时，写信给秘密岛基地吧！

小时候，我家里没有电脑，那时只有有钱人家的小孩才有电脑，当然也不像现在这样可以发电子邮件。可是我有笔友，我会一笔一画地把信写好以后，寄给远方从未见过面的朋友。记不清是哪天把信寄走的，却在某天偶然发现了躺在信箱里的回信，我会开心得不得了，就像把藏了许久的一元硬币拿出来花掉时的心情一样。

有了烦恼却不能对朋友讲，讨厌爸爸妈妈或者非常气愤的时候，都不要藏在心里，请把秘密告诉我，我保证不会对任何人说。这个我可以和你拉钩哦。在静静地听完你们的秘密以后，我会把你们的烦恼全都讲给童话里的主人公听，这样，看到这些童话书的小朋友们就会明白你们的烦恼了。是不是光想一想就觉得很痛快呢？虽然我现在正坐在离你们非常遥远的灯塔上写文章，但我一直都在用心聆听着你们的故事。

秘密岛上的希望知己

朴成镐

登场人物

心愿卡片

姓名： 罗佳明

愿望： 再也不受江水的欺负，再也不帮江水背书包。

特点： 非常喜欢唱歌，但因为打架大王江水不让唱，所以感到很受伤。因为害怕江水，每天都帮他写作业、背书包。

心愿卡片

姓名： 韩江水

愿望： 到没有小猫和小狗的地方生活。

特点： 是一个打架大王，但因为小时候被狗咬过，所以从那以后很害怕小动物。每天命令佳明帮他写作业，还让他帮忙背书包，后来和佳明成为互相守护的好朋友。

心愿卡片

姓名：熊叔叔

特点：开着小熊形状的汽车，四处帮助身处困难的小朋友。把迷路的佳明送回家，并实现了他的愿望。

心愿卡片

姓名：小猫

特点：受熊叔叔所托来寻找佳明，确认他是否实现了愿望。可以用双脚走路，还会说话，但只有佳明才能听得到。

目录

第一部

别来欺负我！

金黄的太阳照在操场上，我抬头呆呆地望着天空，感觉非常刺眼，整个世界就像小松鼠踩转轮一样在不停地旋转。跑了一会儿，我不想踢球了，就一屁股坐在了操场边的台阶上，衣服褶皱着，露出了一截小肚子，我也懒得整理。女生们总是看过来，但我装作没看到，把头转向了另一边。其他同学好像也很热，喜欢打小报告的丁少华像只青蛙一样直挺挺地趴在树荫下，班长提着装满凉水的水壶向我们走来。

我觉得最好唱首歌让大家凉快凉快，事实上，我唱歌非常好听。

我特别擅长唱流行歌曲，以至于留着八字胡的校长每次在走廊上见到我都呵呵呵地笑着说："以后当歌手出了名，可别忘了我啊。"

我一下子从坐在台阶上休息的同学们中间站了起来，然后活动了一下舌头。

“噜嘞嘞嘞嘞。”

这就是我唱歌好听的诀窍，把舌头卷成圆形，然后做往外吐的动作，就能把歌唱好。可能觉得我卷舌头的声音特别奇特，大家的眼睛全都眨也不眨地看着我。虽然他们已经不是第一次听见了，但还是很好奇。我就像站在舞台上的流行歌手一样，深鞠一躬向观众表示问候，真正的歌手无论在哪儿都很注重礼节。

我“咳咳”轻轻咳嗽了两下，清了清嗓子，攥紧拳头当作麦克风。

“喜羊羊，美羊羊，懒羊羊，沸羊羊，慢羊羊，软绵绵，红太狼，灰太狼……♫”

洪亮的歌声一响起，四周就传来了掌声，我兴奋地扭着屁股在同学们面前边走边唱，手舞足蹈。同学们看着我哈哈地笑个不停，还有两个人在我身后跟着模仿起来。就在这时，有人大声喊道：

“停下，别唱啦！”

是江水来了，他就像一只躲在树丛里寻找猎物的狮子一样盯着我，然后噔噔噔地向我走过来。原本跟着我跳舞的同学都悄悄地坐了下来。

看到江水朝我走过来，我吓得缩起了身子。个子比我高一头的江水紧贴着我的脸对我说：

“你，我说没说过不让你唱歌？”

江水气势汹汹地捶了我的肩膀一下。我害怕极了，开始哆哆嗦嗦地向后退，身体也像淋了雨

的小狗似的发起抖来。江水的块头和初中生们差不多，是一个连六年级学生都很害怕的打架大王。

听说跆拳道、剑道什么的，没有他不会的。传闻他有一次和一名初中生打架，结果一拳就把对方打晕了。江水用他的食指点了点我的额头说：

“男生就得有个男生的样子，那些破歌曲是女孩子才唱的玩意儿。”

江水卷起自己的袖子，给我看他的胳膊，好大一块肌肉块儿。江水用右手的食指指着自己的肌肉块儿说：

“这才是男人的象征，懂了吗？”

我偷偷咽了口口水，然后赶忙点了点头，再拖一会儿江水肯定就要用拳头捶我的头了。原本在旁边看热闹的同学们全都吓得走开了。

“懂了的话，就去给最厉害的男子汉江水少爷我买罐饮料喝吧。”

“是，我现在就去。”

我大声回答之后就向操场外面跑去，在文具店附近的自动售货机那里买了一罐江水最爱喝的葡萄味的碳酸饮料，又往回跑，因为江水最不喜欢等得太久。我大口喘着粗气把饮料递给了江水，他举起饮料，一口气喝光了。

“啊，真爽！可是，还是感觉有点儿热。”

江水朝周围看了看，发现恩恩正在用薄本当扇子扇风呢。恩恩白了江水一眼，把本子抱在了怀里，江水又重新转过头来瞪着我。

“喂，罗佳明，给我扇扇风。”

我赶忙用手当扇子朝江水呼啦呼啦地开始扇。

“不能再使点儿劲吗？”

江水像个大猩猩似的举起双手向我喊道。我吓坏了，更快速地扇动着胳膊。江水的表情变得好多了。

“啊——好凉快！”

江水的嘴角浮现出满意的微笑，他正得意地享受着。

就这样一直扇到了体育课下课，我的胳膊疼得不行，就像把一百年里要扇的扇子都扇完了似的，头有点儿晕，额头上也汗津津的。一回到教室，我就精疲力竭地趴在了桌子上。

“嘿，看看这个家伙的大红脸！简直就是个苹果，大苹果！”

丁少华看着我的脸大声说道。我慌忙用手把脸蒙了起来，可是大家都已经看见了，丁少华马上在旁边模仿起我的样子来。他用非常滑稽的表情把脸蒙起来又露出来，逗得大家哈哈大笑。突然，大家自动向两边分开，江水从中间走了过来。教室里顿时鸦雀无声。

“你数学作业都写完了吗？”

我点了点头。接着江水把自己的书放到我桌上说：

“那就把我的也写了吧。”

我手忙脚乱地从文具盒里拿出笔，开始做数学题。江水低头看了我几眼之后叫了一声丁少华，丁少华怯生生地来到江水面前。

“你觉得佳明的脸像苹果吗？”

丁少华看了一眼江水，没敢开口。江水接着说道：

“罗佳明的脸不是苹果，而是猴屁股，懂了吗？因为猴屁股比苹果还要红。”

江水刚一说完，就放声大笑起来，周围的同学们也像期待已久似的开始哈哈大笑。我觉得万分羞愧，脸变得更红了，而丁少华却在我面前撅起屁股跳起舞来。

“罗佳明——的脸——是猴子——屁股哟！”

江水比刚才笑得更大声了，我在心里怨恨着他，趁他不注意瞪了他一眼，并且攥紧了手里握着的笔。我真的非常讨厌成天欺负我的江水。

第二部

讨厌跆拳道!

“拿着。”

江水一如既往地把自己的书包扔到了我的书桌上，“咚”的一下，发出了沉闷的声响。江水的书包跟他的个头一样，又大又重。我把自己的书包背在身后，把江水的书包挎在了脖子前面，他的书包很沉，压得我直不起腰来。虽然上了二年级以后，我每天都是这么过来的，

可今天感觉书包特别沉。可能是一直弯着腰走路的缘故吧，感觉我的腰都快要断了。

“喂，屁股脸罗佳明，你不能走快点儿吗？”

江水瞪着眼睛催我快点儿走，我不得不加快速度。

终于到江水家了，我飞快地把书包还给江水，他毫无诚意地朝我挥了挥手，走进了家门。我这才像个老爷爷似的捶了捶自己的腰，开始往家走。

到家的时候，我的衣服已经被汗水湿透了。我放下书包，急匆匆地换上跆拳道道服，打开大门向楼下跑去，因为我家楼下就是爸爸开的跆拳道馆。

我推开道馆大门，走了进去。里面已经有很多穿着白色道服、腰上扎着各色腰带的小朋友在练习了。

今天是对练的日子，小朋友们的脸因为兴奋而涨得通红。我不禁叹了口气，因为我最讨厌对练了。为了不撞到蹦蹦跳跳的小朋友们，我缩着身子向教练室走去，爸爸正坐在沙发上。

“哦，佳明来啦。”

爸爸从沙发靠背上坐直了身体，热情地看着我，我噘着嘴巴走了过去。

“宝贝儿子，今天怎么这么不开心啊？也不跟爸爸打个招呼。”

我坐到爸爸身边，他摸了摸我的头。我吞吞吐吐地说：

“爸爸，我今天能不能不参加对练啊？”

“怎么了？”

“我的腰很疼。”

我噘着嘴说道。爸爸考虑了一下，看着我的眼睛说：

“佳明，你说过很想打败江水吧？”

我点了点头。

“还说过不想再帮江水背书包吧？”

我比刚才更快地点了点头。

“那就相信爸爸一次，爸爸小时候可是比江水还厉害的打架大王呢！”

“可我又打不好跆拳道……”

“哪有人一开始就打得好啊。”

我不自信地低下了头，爸爸瞪着眼睛严肃地说：

“呃，就照我说的做！时间到了，出去吧。”

我哭丧着脸，爸爸假装没看见，拉我站了起来，我被爸爸一直拉着走出了教练室。爸爸一出来，原本蹦蹦跳跳的小朋友们立刻有秩序地站好了队，我站到了第一排。看到大家都站好以后，爸爸手叉着腰说道：

“今天是对练的日子，大家要尽力发挥自己的水平！”

“是——！”

听到爸爸洪亮的声音，大家全都兴奋起来。可是我却深深地长叹一口气。

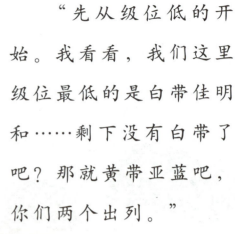

“先从级位低的开始。我看看，我们这里级位最低的是白带佳明和……剩下没有白带了吧？那就黄带亚蓝吧，你们两个出列。”

那个名字叫亚蓝的小朋友自信满满地走出队伍，而我却是被大家推出去的。我和亚蓝面对面站好，在对练之前互相弯腰行了个礼。

当我向亚蓝行礼的时候，偷偷瞪了爸爸一眼。尽管只有我一个人是白带，也不该让我和级位高的亚蓝一起对练啊，爸爸简直太过分了。

“对练开始！”

听到开始，亚蓝就迫不及待地向我扑了过来，围观的小朋友们也充满期待地“哦哦”高喊着。为了躲避亚蓝的进攻，我往后连退了几步，可是亚蓝依旧不停地向我踢腿挥拳，我只能手忙脚乱地躲避着。最后，我靠到了墙上，这回连躲的地方都没有了。突然，亚蓝的脚向着我的脸蹬来，我狠狠地握住自己的拳头，紧紧闭上了双眼。

“停！”

爸爸高喊了一声，亚蓝就像被施了魔法，停在了原地。

亚蓝向我行了个礼，我也向亚蓝弯下了腰，可身体却像冻僵了似的硬邦邦的。

“什么呀，还以为教练的儿子会很厉害呢，原来根本不行。”

“他才是白带嘛。”

小朋友们叽叽咕咕地小声议论着，我装作没听见。其他人开始对练了，我走到角落靠在墙边坐了下来。

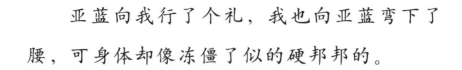

我把脸埋在膝盖里，紧紧地咬住了下嘴唇。我一直保持那个姿势，直到对练结束都没有抬起头。

对练结束以后，大家站好了排。我也走到队伍里，眉头紧锁地站在最前面。

“下课之后不要乱跑，直接回家，知道了吗？”

“知道了——！”

爸爸说完，大家异口同声地回答道并互相告别离开了道馆。

小朋友们离开以后，爸爸朝我走了过来。

“男孩子输了一次就哭鼻子？”

爸爸看见我的眼圈红了，嘲笑似的对我说道。我松开一直咬着的下嘴唇，朝着爸爸大吼了一声：

“我再也不练跆拳道了！”

我呼呼地喘着粗气，爸爸好像被我吓到了，静静地看着我。

“我讨厌爸爸！”

我快步走出道馆，向楼上的家里跑去，爸爸没有追出来。回到家，我没有和妈妈打招呼就回到了自己的房间，狠狠地关上了房门。

我扑通一下趴在床上，忍了许久的泪水哗哗地流了出来，我恨自己连一次反击都没有就输了。也许以后面对江水我还是会这样，这样下去，我就永远都不能战胜江水了。

我把脸深深地埋进枕头里，双腿在半空中使劲儿地蹬了蹬。我知道自己不可能战胜江水，但我也不想被他欺负，我根本不想替江水背书包，而且他的书包越来越沉了。

“啊，要不躲起来得了。”

我不经意地嘟囔了一句，接着反复回味了一下。

“对！就躲起来！”

我用手捶了枕头一下。

第三部

和熊叔叔的约定

第二天一大早，我就去了学校。同学们都在聊天，江水正趴在桌子上睡觉。为了不吵醒坐在我前座的江水，我小心翼翼地走进座位，把书包放到了桌子上，江水还处在深度睡眠中。放好书包，我就迅速跑到洗手间躲了起来，其他同学好像都没注意到我。

一直到上课铃声响起，我才回到教室。

“呃，佳明，你什么时候来的？”

好像我的突然出现吓到了同桌尤美，她瞪大了眼睛看着我问道。我轻轻地对她笑了笑。一下课，就又急匆匆地跑到洗手间躲了起来。

第三节课下课我还是在洗手间里躲着，这时，外面响起了熟悉的声音，仔细一听，原来是丁少华在说话。

“喂，你不觉得今天太安静了吗？怎么这么无聊呢？”

“这么说来，好像佳明没唱歌啊。”

“对，江水也没捉弄佳明。”

“怎么回事？今天罗佳明来上学了吧？”

“对啊，上课时我看见他了。”

丁少华和其他同学很快离开了洗手间，我用手捂着嘴偷偷地笑了起来。上课铃声响过之后，我才冲进教室。

最后一堂课刚一结束，我就急急忙忙地收拾书本。还没等老师说放学，我已经开始飞快地整理书包了，尤美用奇怪的眼神看着我。

“大家路上小心，夏季容易食物中毒，从外面回家之后一定要把手洗干净。班长，放学吧。”

“立正，敬礼！”

随着班长的口号敬完礼，老师走出了教室。我背起书包，“噌”的一下站起来，向教室门外跑去，此时江水还坐在座位上收拾着书包。

“喂，罗佳明！你……你给我站住！”

身后响起了江水的怒吼声，可我连头都没回就跑了。今天一整天都没挨江水欺负，这让我的脚步异常轻快。一开始我想抄近路回家，可又一想，决定还是绕道回家。因为江水家离我家很近，很容易碰上他。

“是不是走得太远了啊？”

沿着弯弯曲曲的小路走着走着，我停了下来。因为今天实在是太开心了，不知不觉间竟来到了一个陌生的地方。

我把眼睛瞪得跟铃铛似的朝周围看了看，高高的院墙向远方弯弯曲曲地延伸着。我想沿原路往回走，可奇怪的是，先前路过的地方都不见了，我好像陷入了迷宫之中。

想到可能是迷路了，我不安地抽泣起来。不知不觉中，太阳也落山了，我停下来抬头望着天空，天空中布满了大片的乌云。

雨点开始落下来了，我听见雨滴打在脸上的声音，阴冷的风也无情地吹了起来。因为害怕，我“哇”的一声大哭起来。

这时，一辆小熊形状的汽车突然停在了我的面前。我抽泣着抬头看了一眼，跟昏暗的街道相比，车里的灯光显得特别明亮。车门打开之后，一位帽檐压得低低的、戴着太阳镜的帅气的司机叔叔出现了。

“你是要回家吧？”

我犹豫了一下，点了点头。

“那就上车吧。”

叔叔按了一下汽车驾驶座位前面的蓝色按钮，汽车上马上就出现了“**目的地：佳明的家**”几个字。这样的汽车我还是头一次见到呢，我好奇地瞪大了双眼呆呆地望着车子。叔叔催促我说：

“赶快上车啊。”

我急忙上了汽车，车门紧接着就关上了。司机叔叔按下蓝色按钮旁的红色按钮，汽车就出发了。

我一动不动地站在那里低头观察着司机叔叔：他的腿很短，根本没碰到地，可能他和小矮人一样矮吧；他左右移动方向盘的手上长满了毛，不只是手，整个身上也都是毛。我好奇地把脸朝叔叔凑了过去，他被帽子遮住的脸上居然也长满了毛。司机叔叔根本就不是人！

“熊，你是熊！”

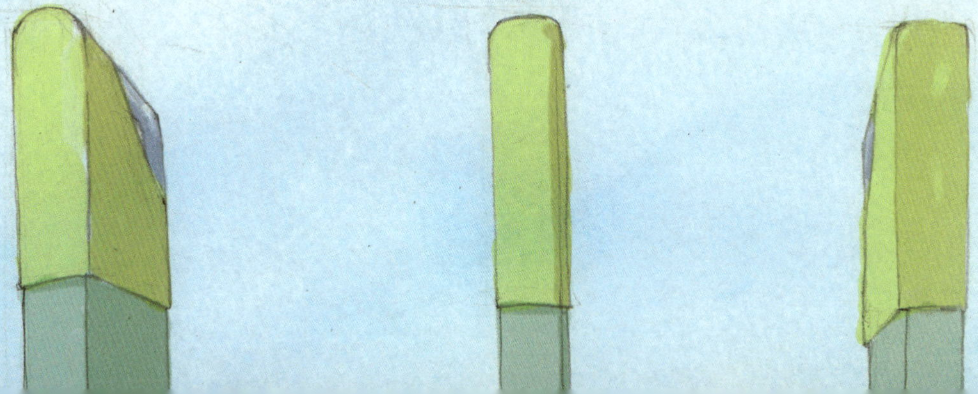

看到叔叔的脸竟然是熊脸，我吓了一大跳，赶紧往后退了几步。叔叔笑了笑，摘下了帽子，他圆圆的耳朵一下子立了起来。

“车钱就放在那里吧。”

熊叔叔用他短短的食指往肩膀后面指了一下，我朝他指的地方看去，那里有个小箱子，上面写着“愿望箱”几个字，箱子的形状和平时坐的公交车上的投币箱一模一样。

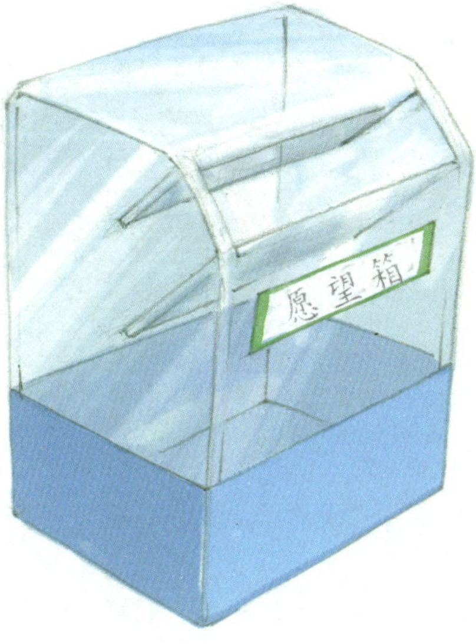

"愿望箱？"

"我收愿望当作车钱，佳明你没有愿望吗？"

我感到很惊讶，呆呆地看着熊叔叔的脸发起愣来，熊叔叔轻轻皱起了眉。

"你没有愿望吗？"

"有，有啊！"

我急忙回答道。我走到了愿望箱旁边，开始思考起来。很自然地想到了江水，又想到了今天放学时没理会江水跑出教室的事。我想好了愿望，可是却不知道该怎么把愿望放进愿望箱里去。

“怎样把愿望放进去啊？”

“你有笔和纸吧，把愿望写在纸上放进去。”

我从书包里拿出笔记本“刺啦”撕了一张，又从文具盒里拿出铅笔，毫不犹豫地在纸上写下了自己的愿望。

“希望江水不来上学。”

写好后，我把纸折到了不能再折的程度，刚想把它放进愿望箱里，愿望箱好像突然活了一样张开了嘴巴，一口吞掉了握在我手里的纸。我吓了一跳，“妈呀”大喊了一声，愿望箱像在嘲笑我胆小似的，“咯咯”地打了个嗝。

“好，到家了。”

汽车停了下来，前门打开了。透过车窗我看见了自己家，我开心得赶忙走下了汽车。

“谢谢您，熊叔叔。”

熊叔叔冲我嘿嘿一笑，压低了帽子说：

“明天你写在纸上的愿望就会实现，我要去帮助其他迷路的小朋友了。”

前门关上之后，汽车又发出嗡嗡的轰鸣声出发了。我向汽车挥了挥手，车子嗡嗡的一下子就消失不见了。天已经很黑了，我怕回家晚了被妈妈唠叨，赶忙走了进去。

第四部

打架大王和爱哭鬼
结成秘密联盟

第二天，我一睁开眼睛就开始想，我的愿望是否真的实现了，江水会不会真的不来上学了。于是，顾不上吃早饭，我就急急忙忙去上学了。

我着急忙慌地往前走着，可总觉得后面像有人跟着我，我“嗖”地回头一看，原来是只小黑猫，它像人一样站在那里。我的突然回头吓了小猫一跳，它用两只爪子蒙上了眼睛。

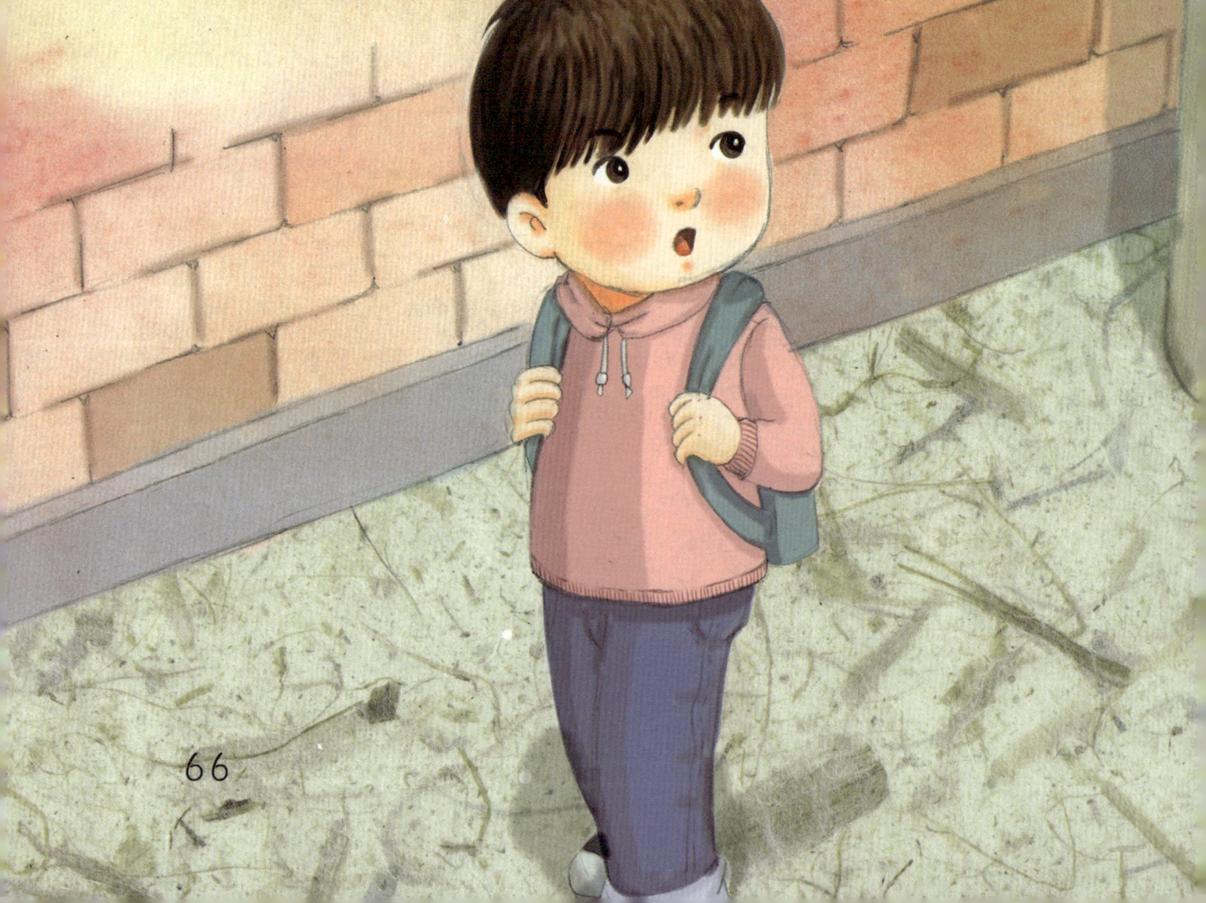

慢慢地，小猫放下爪子看了看我，从它那大大的眼睛里，我看见了自己瞪着眼睛发愣的样子。小猫看了我一会儿，不好意思地笑了一下。我转回身开始大步往前走，走着走着又回头看一眼，我俩就像在玩“一二三，木头人”一样，小猫一直在后面跟着我，只要我回头，它就停下来。

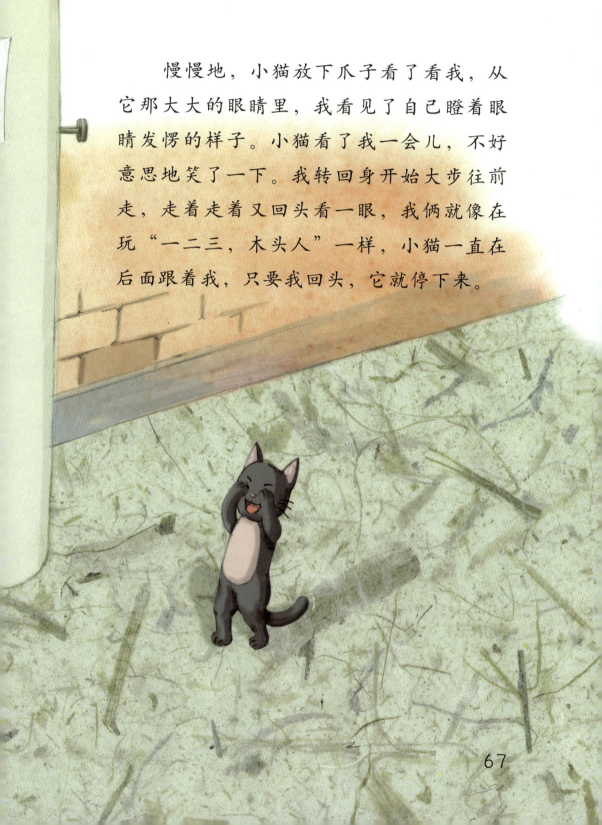

“和……和我一起走吧！”

“别跟着我！”

我头也没回，大声对它说。

“是熊叔叔派我来跑腿儿的！”

“熊叔叔让你来跑腿儿？”

“他让我来看看你的愿望实现没有。”

我停下脚步，回头看了它一眼。小猫搓了搓前爪，不声不响地向我走了过来。我盯着小猫的眼睛，小猫也抬起头用它的大眼睛望着我，它的眼神不像在说谎。

“我知道了，千万别让同学们发现你，现在你跟我贴得太近了。”

“没关系，只有你才能看见我。”

看小猫说得如此自信，我也就相信它了，和它肩并肩地向学校走去。

上课之前的教室还是很吵。我走进去偷偷瞄了一眼江水的位子，他好像还没来上学。我放好书包坐到了座位上，一直站着的小猫使劲儿一蹿，跳到了书桌上。小猫好像心情不错，趴在桌上摇起了尾巴。

早会结束后，老师推开前门走了进来。把点名册放到讲桌上说：

“今天江水不能来上学了，他昨天在回家的路上受伤了。”

听说打架大王受伤了，同学们都不相信似的交头接耳起来。

“其实，我看见了江水是怎么受伤的。”

小猫一只爪子挡着嘴巴在我耳边小声说道。我看了小猫一眼。

“他怎么受伤的？”

“江水在回家的路上看见了一只流浪狗，他吓坏了，慌慌张张地往前跑，结果咣当一下头撞到了电线杆上，所以就受伤了。”

大块头江水因为害怕流浪狗而受伤，真是太让人吃惊了，我抖着肩膀笑了起来。

“熊叔叔说了，江水不仅害怕小狗，还害怕小猫。听说他小时候欺负家里养的小狗，后来被咬了。”

我觉得块头像山一样魁梧的江水害怕那么小那么可爱的小狗和小猫，实在是太可笑了，于是哧哧地笑出了声，旁边的尤美奇怪地看了我一眼。我用手使劲儿按住嘴巴，强忍着不笑出声来。

江水不在，休息时间里教室变得更吵了。我老老实实地坐在座位上，打开了下节课要用的数学书，小猫在桌子上一个劲儿地打着瞌睡。这时，丁少华向我走了过来，他把自己的书“啪”的一下扔到了我的桌子上。

“佳明，你帮我把作业写了。”

我抬头斜了一眼丁少华。

“我为什么要帮你写？”

“你不是每天都帮江水写嘛。”

“那个和这个有什么关系？”

“今天江水不在，就帮我写吧。”

我拿起桌上的书递给丁少华说：

“**不行**。”

“你居然敢说不行？”

丁少华龇牙咧嘴地冲我喊着，还“哐”地捶了我的桌子一下。小猫吓了一大跳，从书桌上面跳了下来，钻到了桌子底下。

丁少华用恶狠狠的眼神盯着我，我赶忙缩起脖子，不敢抬头。他虽然没有江水个儿高，可在我们班里也算是第二大块头，跟他相比，我个头儿比较小，所以肯定打不赢他。我用很小的声音说：

“给……给你写不就行了嘛。”

“你小子，好好跟你说的时候你不听。写完了就拿到我座位上来。”

丁少华哧哧地笑着回到了自己的座位，我低着头看着他的数学书，气得直想哭。还以为江水不在，再也不会挨欺负了呢，结果丁少华又来欺负我，实在是太可恶了。我无法忍受毫无勇气、像傻瓜一样的自己，我紧紧咬住下嘴唇，决定放学后去找江水。

放学了，我简单收拾了一下书包就匆忙向教室门外走去。

“喂，你要去哪儿？今天得帮我背书包啊！”

身后传来了丁少华的喊声，我装作没听见快步走了出去。不知不觉中我已经开始跑了，朝着就算闭着眼睛也能找到的江水家跑去。

到了江水家门前，我做了一次深呼吸，然后按下了门铃。

“谁啊？”

里面传来了江水的声音。江水的父母全都在外面工作，好像还没回来的样子。

“江水，是我，佳明。”

我刚刚说完，门就开了，江水走了出来。

“哎哟，罗佳明，你来我家干什么啊？”

江水看了看我，又朝我的脚下看去，随着江水的视线我也低下了头。不知道小猫是什么时候跟来的，它正在我的裤子上蹭着脸，舒服地哼哼呢。

“哎呀！是只猫！”

江水被吓得面无血色，急忙关门。为了不让他把门关上，我把一只脚伸进了门里：

“这只猫不会伤害你的！”

“我不信！”

“是真的！如果它要伤害你的话，我帮你挡着。”

江水还是不相信我的话，我只好用脚把小猫推开一些，让它离开我的身边。小猫乖乖地待在原地，江水这才放下了想要关门的手，他擦了擦额头上的冷汗，然后停下来看了看我。

“你……你……如果跟别人说起今天的事，你就死定了！”

江水的脸渐渐变红了。

“嗯，我绝对不会说出去的！可是，你很害怕小猫和小狗吧？”

“你怎……怎么知道的？！”

江水瞪大了眼睛看着我，脸色变得像熟透的苹果一样红，虽然很可笑，可我决定不去嘲笑他。我一字一句充满自信地说：

“以后遇到小猫和小狗，我来保护你！”

“真……真的？”

“嗯！而且，我也不会把这件事告诉班里的同学，所以在学校的时候，你来保护我吧。”

我朝江水伸出了手，江水稍微犹豫了一下之后抓住了我的手。我紧紧地握住他的手，使劲儿晃了晃。就这样，班里最弱小的我和最强大的江水成了拥有共同秘密的朋友。我开心地笑了。

第五部

从今往后谁都不怕！

天亮了。我饱饱地吃完妈妈准备的早餐后去上学了。刚一进教室，丁少华像等了好久似的向我走过来，气呼呼地对我说：

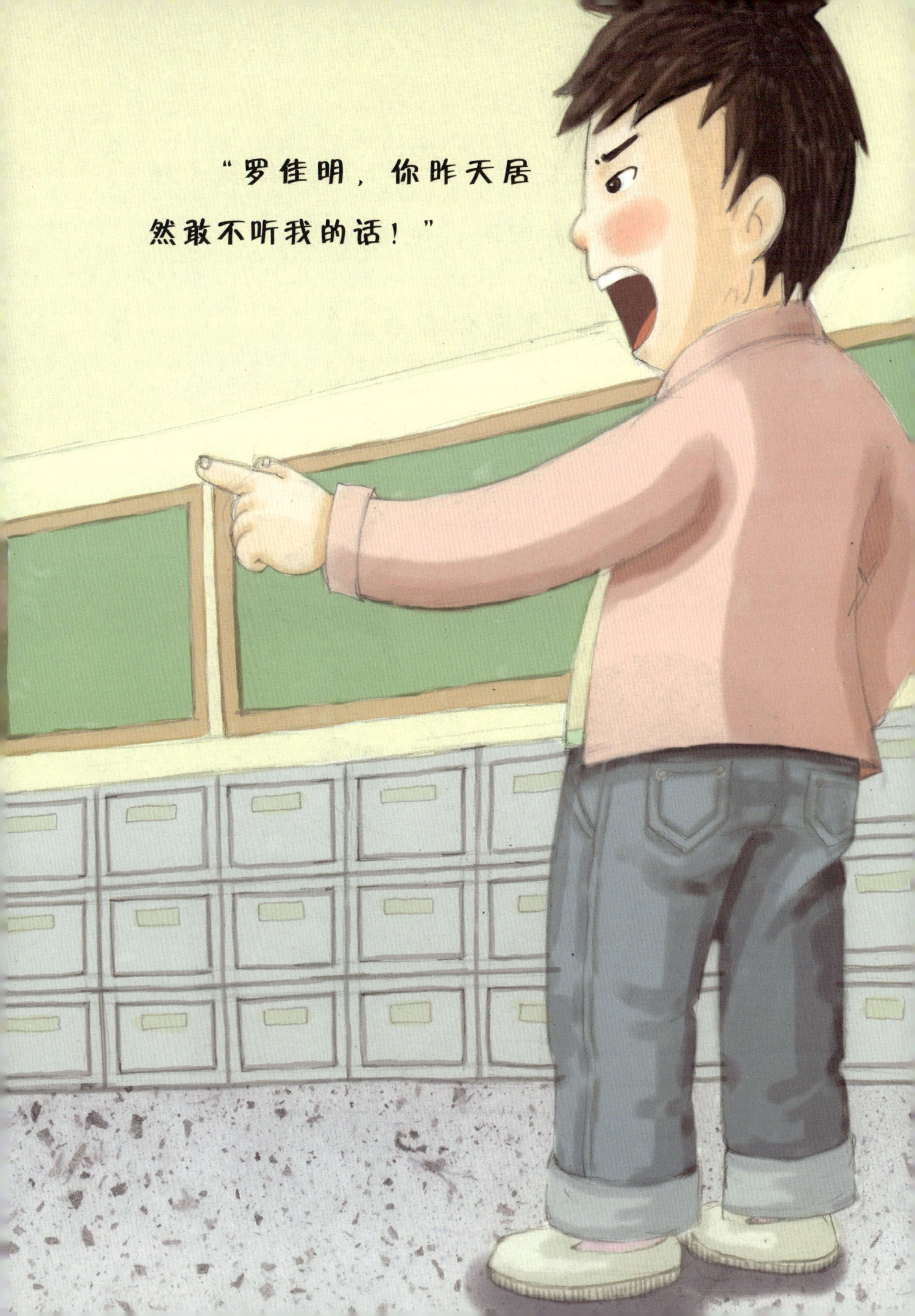

“罗佳明，你昨天居然敢不听我的话！”

丁少华表现出一副马上就要打我的样子，可是我没有回避，瞪着他说：

“我为什么要帮你背书包？”

“呀！你不是每天都帮江水背书包嘛，突然少了一个书包，不觉得缺点儿什么吗？”

听了丁少华挖苦我的话，大家都小声笑了起来。可我毫不退缩地对他说：

“我一点儿都不觉得缺什么，而且从今天开始，江水的书包我也不背了！”

“就凭你？”

“对！我现在根本不怕江水！所以，你，我也一点儿都不怕！”

我冲丁少华大吼出这句话之后，他闭上了嘴。不过，他看向我的眼神越来越有“杀气”，还气呼呼地喘着粗气。终于，丁少华向我举起了拳头，因为害怕我紧紧地闭上了眼睛。

“喂，丁少华！”

这时，我听见了江水的声音，他来上学了。

“教室里因为你很吵啊，你现在是在我面前炫耀自己力气很大吗？”

我把眼睛悄悄睁开一条缝儿，只见丁少华偷偷地收回了自己的手。江水向丁少华走去，他缩起肩膀低着头，好像很害怕看见江水的样子。

“不……不是，我就是觉得佳明有点儿不听话，想教训教训他。”

丁少华说完，江水看了我一眼，我也看了看江水。江水接着说道：

“佳明怎么会不听你的话呢？”

“昨天，我……”

丁少华很委屈似的想再说些什么，可江水用手抠着耳朵，没兴趣再听下去。

“我有点儿渴了，丁少华你去给我买罐饮料吧。我总喝葡萄味的，知道吧？”

“我，我去？”

丁少华有点儿慌了，江水非常肯定地说：

“那你是让我去吗？”

“不，不是，我去。”

丁少华狠狠地瞪了我一眼，走出了教室。我看了一眼他的背影，转身又看向了江水，江水也看了看我。我们互相看着对方，会意地笑了。

上课铃声响了以后，江水回到了座位，大家全都在座位上坐好等老师进来，同桌尤美用胳膊肘捅了我一下。

“我看你和丁少华说话的样子，觉得……”

尤美红着脸对我说道。

“你今天可真帅……”

尤美刚一说完，好像害怕谁会听见似的，马上把头转了过去。我有种忍不住想笑的冲动。

不知从哪儿传来了喵喵的猫叫声，我回头找了一阵，没看到小猫。

就算没有小猫也没关系，因为现在我不再需要它了。小猫应该是继续旅行去寻找需要它帮助的其他小朋友了。

我觉得应该和小猫做最后的告别，于是，我朝小猫消失的操场尽头挥了挥手。

读书笔记

回顾一下吧！

体育课下课以后，佳明的脸为什么变红了？

佳明为了躲避江水做了些什么？

江水没能来学校上学的原因是什么？

佳明和江水的秘密约定是什么？

写下自己的愿望吧。

以下这些地方跟我一样！不一样！

我和佳明（　　　　　　　　　　　　）一样。

我和江水（　　　　　　　　　　　　）不一样。

如果是我，我会这么做的！

如果我是佳明，为了不受江水的欺负，我会这么做！

如果我是江水，为了交朋友，我会这么做！

交个朋友吧!

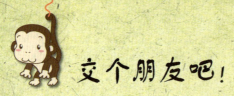

你想和谁成为好朋友，他（她）叫什么名字？

你想和他（她）做朋友的理由是什么？

想和他（她）做朋友的话，你得怎么做？

给你想做朋友的那个人写封信吧。

图书在版编目(CIP)数据

不要欺负我！/［韩］朴成镐著；［韩］素儿绘；陈楠楠译.
—大连：大连出版社，2013.7（2019.5重印）
（我要去上学）
ISBN 978-7-5505-0483-7

Ⅰ. ①不… Ⅱ. ①朴… ②素… ③陈… Ⅲ. ①童话－韩国－现代 Ⅳ. ①I312.688

中国版本图书馆CIP数据核字（2013）第126371号

辽宁省版权局著作权合同登记号：图字06-2013-38号

出 版 人：刘明辉
责任编辑：尚 杰
封面设计：林 洋
责任校对：杨 琳
责任印制：徐丽红

出版发行者：大连出版社
地址：大连市高新园区亿阳路6号三丰大厦A座18层
邮编：116023
电话：0411-83620490 / 83621075
传真：0411-83610391
网址：http：//www.dlmpm.com
邮箱：29004016@qq.com
印 刷 者：保定市铭泰达印刷有限公司
经 销 者：各地新华书店

幅面尺寸：165 mm×230 mm
印 张：6.75
字 数：60千字
出版时间：2013年7月第1版
印刷时间：2019年5月第2次印刷
书 号：ISBN 978-7-5505-0483-7
定 价：19.80元